清・馮煦修　魏家驊等纂　張德霈續纂

鳳陽府志

十三册

黄山書社

學校攷

郡縣之祀孔子自東漢永平始迨桓帝元嘉中置先師廟而釋奠釋菜之儀遂愈久而愈隆焉唐宋以來立學道學官遍於州縣我
朝好學崇儒栽培益厚鳳陽爲淮南都會其山水之精英積而發於人讀孔氏書求明體達用之學當必爭自濯磨比隆前古庶不負官師敷教之殷也書院義學之設與學校相輔而行事以類從學記曰家有塾黨有庠術有序國有學斯卽
國家培植根本之至意歟志學校

鳳陽府學宮在府治東城內舊在府治西卽明之國子監也洪武十八年建中都於譙樓雲濟街置國子監設彝倫堂繩愆廳博士廳典簿典籍掌饌各廳率性修道正心誠意崇志廣業六堂十九年改爲鳳陽府學中爲正殿東西兩廡設欞星門戟門泮池廚庫繞垣植以松柏列大成興賢育材坊牌於戟門外跨雲濟街景泰間知府仲閔重修宏治庚戌知府章銳開大成路建尊經閣徙教授訓導署並射圃於明倫堂之北邱濬爲之記知府孟俊再修吳寬爲之記嘉靖十年詔增啟聖祠敬一亭時六箴碑各縣如之崇禎四年燬於火六年知府徐世蔭重建殿

廟祠亭規制畢備
國朝康熙四年知府戴斌推官黃貞麟重修十九年鳳廬道孫蘭知府耿繼志同知劉芳聲劉忠國暨各州縣捐俸重修教授湯原振訓導程之烜董其事乾隆二十年新建府城迫於地勢分學宮在西城外教官署在西城內巡撫鄂樂舜以體制不協乃命移建今地亡何以新築基地不堅材本半移拆舊物未十年頹圮殆盡知府俞成率所屬捐俸重建知縣貢震董其事四十五年知府福保重修五十六年知府楊禮行加葺移教官署於東側嘉慶十三年署知府姚鳴庭復修西廡二十年教授倪模詳請修葺歷任鳳廬道札隆阿戴聰暨知府倪思純蔡炯王耀辰等捐俸倡修大殿換蓋黃瓦明倫堂戟門櫺星門東西兩坊次第增葺道光二年竣事咸豐八年捻逆之亂燬於兵同治十一年知府范運鵬鳩貲重建移崇聖祠於正殿後明倫堂於祠東尊經閣於祠西而易孝義祠爲忠義孝弟祠增節孝并名宦鄉賢爲四祠移建於明倫堂東偏增建神厨神庫宰牲碑亭於戟門外左右餘如舊制運鵬自爲記光緒八年鳳潁六泗道任蘭生重修二十四年教授張德霈訓導陳之煒捐俸修葺復稟請署鳳潁六泗道馮煦歲撥公費項下錢叁拾千以資歲修二十七年復增葺焉

崇聖祠在正殿後　名宦祠在明倫堂東　鄉賢祠在名宦祠

東　忠義孝弟祠在名宦祠前　節孝祠在鄉賢祠前　教授
訓導宅在學宮東偏
文廟崇祀孔子以四配十二哲配饗以先賢公孫氏以下七十
九人先儒公羊氏以下六十九人從祀各州縣學同
四配位次東配復聖顏子漢永平十五年祀七十二弟子顏子位第一魏晉祀孔子均以顏子配唐貞觀二年以孔子爲先聖顏子配饗述聖子思子宋大觀二年從祀端平三年升列哲位咸淳三年配饗西
配宗聖曾子唐開元八年從祀宋咸淳三年配饗亞聖孟子宋元豐七年配饗以上配位
宋以前皆稱封爵元至順元年贈顏子兗國復聖公曾子郕國
宗聖公子思子沂國述聖公孟子鄒國亞聖公明嘉靖九年改
稱復聖顏子宗聖曾子述聖子思子亞聖孟子　國朝因之

十二哲位次東哲先賢閔子冉子端木子仲子皆唐開元八年從祀卜子
唐貞觀二十一年以經師從祀開元八年以十哲從祀有子唐開元八年從祀國朝乾隆三年升列哲位西哲
先賢冉子宰子冉子言子皆唐開元八年從祀顓孫子唐開元八年從祀宋咸淳三年升列
哲位朱子宋淳祐元年從祀國朝康熙五十一年升列哲位以上哲位宋以前皆稱封爵
明嘉靖九年改稱先賢某子　國朝因之有子朱子升列哲位
從一例
兩廡位次東廡先賢公孫僑咸豐七年從祀林放雍正二年從祀原憲南宮适
商瞿漆雕開司馬耕梁鱣冉孺伯虔冉季漆雕徒父漆雕哆公
西赤任不齊公良孺公肩定鄡單罕父黑榮旂左人郢鄭國原
亢廉潔叔仲會公西輿如邽巽陳亢琴張步叔乘秦非顏噲以上

皆唐開元二十七年從祀顏何從祀同上明嘉靖九年罷國朝雍正二年復祀縣亶牧皮樂正克
萬章以上皆雍正二年從祀周敦頤程顥皆宋淳祐元年從祀邵雍宋咸淳三年從祀西廡
先賢蘧瑗唐開元二十七年從祀明嘉靖九年改祀於鄉國朝雍正二年復祀原東廡今移西廡以其卒後於公孫僑
澹臺滅明宓不齊公冶長公晳哀高柴樊須商澤巫馬施顏
辛曹卹公孫龍秦商顏高壤駟赤石作蜀公夏首后處奚容蒧
顏祖句井疆秦祖縣成公祖句茲燕伋樂欬狄黑孔忠公西蒧
顏之僕施之常申棖以上皆唐開元二十七年從祀左邱明唐貞觀二十一年以經師從祀秦
冉唐開元二十七年從祀明嘉靖九年罷國朝雍正二年復祀公明儀咸豐三年從祀公都子公孫
丑皆雍正二年從祀張載程頤皆宋淳祐元年從祀以上先賢位次宋以前從祀
者皆稱封爵明嘉靖九年改稱先賢某子周張程邵五子嘉靖
時稱先儒崇禎十五年改稱先賢位在七十子之下漢唐諸儒
之上國朝均稱先賢不稱子
東廡先儒公羊高伏勝皆唐貞觀二十一年從祀毛亨同治二年從祀孔安國唐貞觀二
十一年從祀許慎光緒二年從祀后蒼明嘉靖九年從祀鄭康成范甯皆貞觀二十一年從祀明
嘉靖九年改祀於鄉國朝雍正二年復祀陸贄道光六年從祀范仲淹康熙五十四年從祀歐陽修明嘉
靖九年從祀司馬光宋咸淳三年從祀謝良佐道光二十九年從祀羅從彥明萬曆四十二年從
祀李綱咸豐元年從祀張栻宋景定二年從祀陸九淵明嘉靖九年從祀陳淳雍正二年從祀
眞德秀明正統二年從祀何基雍正二年從祀文天祥道光二十三年從祀趙復雍正二年從祀
金履祥陳澔皆雍正二年從祀方孝孺同治二年從祀薛瑄明隆慶五年從祀胡居仁
明萬歷十二年從祀羅欽順雍正二年從祀呂相同治二年從祀劉宗周道光二年從祀孫奇逢

（道光八年從祀）張履祥（同治十年從祀）陸隴其（雍正二年從祀）張伯行（光緒四年從祀）西廡先儒穀梁赤高堂生（皆唐貞觀二十一年從祀）董仲舒（元至順元年從祀）劉德（光緒二年從祀）毛萇杜子春（皆唐貞觀二十一年從祀）諸葛亮（雍正二年從祀）王通（明嘉靖九年從祀）韓愈（宋元豐七年從祀）胡瑗（明嘉靖九年從祀）韓琦（咸豐二年從祀）楊時（明弘治八年從祀）游酢（光緒十九年從祀）尹焞（雍正二年從祀）胡安國（明正統二年從祀）李侗（明萬歷四十二年從祀）呂祖謙（宋景定二年從祀）袁燮（同治七年從祀）黃幹（雍正二年從祀）輔廣（光緒五年從祀）蔡沈（明正統二年從祀）魏了翁王柏（皆雍正二年從祀）陸秀夫（咸豐九年從祀）許衡（元皇慶二年從祀）吳澄（明正統八年從祀嘉靖九年罷國朝乾隆二年復祀）許謙（雍正二年從祀）曹端（咸豐十年從祀）陳獻章（明萬歷十二年從祀）蔡清（雍正二年從祀）王守仁（明萬歷十二年從祀）呂坤（道光六年從祀）黃道周（道光五年從祀）陸世儀（光緒二年從祀）湯斌（道光三年從祀）以上先儒位次嘉靖以前從祀者皆稱封爵嘉靖九年改稱先儒某子 國朝稱先儒不稱子

崇聖祠崇祀孔子五代肇聖王木金父公裕聖王祈父公詒聖王防叔公昌聖王伯夏公啟聖王叔梁公（明嘉靖九年立啟聖祠祀叔梁公國朝雍正二年加封先師五世王爵始改啟聖祠爲崇聖祠）東配先賢孔氏孟皮（國朝咸豐七年）顏氏無繇孔氏鯉西配曾氏皙孟孫氏激（皆明嘉靖九年）以先儒周氏輔成（明萬歷二十三年）程氏珦蔡氏元定（皆嘉靖九年）從祀東廡先儒張氏廸（國朝雍正二年）朱氏松（明嘉靖九年）從祀西廡

禮器

至聖先師孔子位前爵三帛篚一毛血盤一饌盤一登一鉶二

簠簋各二籩豆各十牛一羊一豕一尊一龍勺一鑪二鐙四

四配位前各爵三帛篚一饌盤一鉶二簠簋各二籩豆各八羊一豕一鑪一鐙二

東哲六位前各爵一鉶一簠一簋一籩豆各四共獻爵三帛篚一饌盤一羊一豕一鑪一鐙二西哲同

兩廡二位共一案每位前爵一每案簠簋各一籩豆各四東西各羊三豕三統設香案二每案帛篚一爵三饌盤一鑪一鐙二

崇聖祠正位前各獻爵三帛篚一毛血盤一饌盤一鉶二簠簋各二籩豆各八羊一豕一鑪一鐙二五配各爵三帛篚一簠簋各一籩豆各四東西各羊一豕一鑪一鐙二兩廡東二案西一案均簠簋各一籩豆各四每位爵一東西各帛篚一羊一豕一鑪一鐙二

樂器

編鐘鏞編磬琴瑟排簫洞簫笛篪管笙壎鼗鼓楹鼓足鼓搏拊相鼓戲提鼓柷敔拍板籥翟麾手版以上俱缺

樂章

康熙六年

聖祖仁皇帝作中和韶樂樂曲曰平國學釋奠奏之至各郡縣則猶沿明舊未遑制作

高宗純皇帝命廷臣增撰郡縣及闕里春秋四時旋宮之樂乾

隆八年頒下各府州縣敬錄於左

迎神奏昭平之章

大哉孔子先覺先知與天地參萬世之師祥徵麟紱韻答金絲日月既揭乾坤清夷

初獻奏宣平之章

予懷民德玉振金聲生民未有展也大成俎豆千古春秋上丁清酒既載其香始升有舞

亞獻奏秩平之章

式禮莫愆升堂再獻響協鼓鏞誠孚罍獻肅肅雝雝譽髦斯彥禮陶樂淑相觀而善有舞

終獻奏敘平之章

自古在昔先民有作皮弁祭菜於論思樂惟天牖民惟聖時若彝倫攸敘至今木鐸有舞

徹饌奏懿平之章

先師有言祭則受福四海黌宮疇敢不肅禮成告徹毋疏毋瀆樂所自生中原有菽

送神奏德平之章

鳧繹峩峩洙泗洋洋景行行止流澤無疆聿昭祀事祀事孔明化我蒸民育我膠庠

大成殿前左右碑亭二座一為 聖祖仁皇帝 御

製至聖先師讚碑一為　聖祖仁皇帝　御製四配
顏子曾子子思子孟子讚碑順治九年頒曉示生員臥碑康熙
二十三年頒　御書萬世師表額三十四年頒　上
諭十六條四十一年頒　御製訓飭士子文四十三年頒
御製平定朔漠告成太學碑文雍正三年頒　御
製平定青海告成太學碑文又頒　御製萬言廣訓四年
頒　御書生民未有額　詔春秋丁祭增用太牢乾
隆三年頒　御書與天地參額十四年頒　御製平
定金川告成太學碑文二十二年頒　御製平定準噶爾
告成太學碑文二十四年頒　御製平定回部告成太學
碑文三十四年頒　御製文廟碑文四十一年頒
御製平定兩金川告成太學碑文嘉慶四年頒　御書聖
集大成額道光三年頒　御書聖協時中額咸豐元年頒
御書德齊幬載額同治元年頒　御書聖神天縱
頒　今上光緒七年頒　御書斯文在茲額

學額

歲考七邑撥入府學生員二十三名（明初郡縣學學生皆日給膳廩增廣自宣德三年始取附學生自正統十年始於增廣內考選優等補廩缺國朝康熙二十八年定額七邑撥入府學二十三名臨淮一名懷遠三名定遠三名壽州九名鳳臺四名宿州二名靈璧一名）科試同廩額四十名增額四十名

每年貢一人（洪武二十五年始定府學每年一貢縣學間年一貢永為定制國朝因之）遇　覃

恩加貢二人明弘治十一年始定制以首名充恩貢次名充歲貢每十二年拔貢二人宏治十七年令考取充貢謂之選貢崇禎元年始定府學考拔二人縣學考拔一人謂之拔貢國朝康熙間十二年一拔雍正五年改六年一拔乾隆五年仍復十二年之制 武生二十名鳳陽三名臨淮一名懷遠一名壽州八名鳳臺六名宿州一名無科試

學田

舊府志載學田一頃三十五畝三分坐落府西鐘樓外五十三畝府西蔣家灣四十二畝三分府南門外四十畝今俱無攷同治十三年知府范運鵬購置學田五頃四十三畝坐落府城東十里鋪四頃二十八畝懷遠縣洛河集南凌家巷一頃十四畝歲納租息以供祭品及司役埽除各項費用

鳳陽縣學宮在縣治西偏明洪武十一年建於縣治東門外正統十四年大加修建景泰中知縣劉誠重修縣丞趙進建文昌祠宏治間知縣潘永嘉重修萬歷五年署縣事通判李光前開雲路玉帶水二十五年知縣李存信新建尊經閣敬一亭四十二年知縣萬嗣達濬泮池 國朝康熙九年戶部分司圖爾詹惟聖教諭岑兆旂捐資重修二十一年知縣丁耀祖教諭項龍章訓導張昊捐俸重建正殿兩廡櫺星門二十四年知縣史昭傳教諭吳文鎔重修二十五年知縣李縉移建今地惟學署未建教諭訓導僦居府市春秋二祭朔望行香外無一人至學者學宮日就頹壞明倫堂全圮乾隆六年知縣武巘教諭胡煥捐

資重建明倫堂二十年裁臨淮縣以鳳陽訓導管臨淮鄉學駐劄臨淮知縣鄭時慶請建教諭署於學宮東南於是教官始有公署二十八年知縣貢震教諭唐雲三十三年知縣孫維龍重修咸豐八年捻逆之亂崇聖祠櫺星門學署燬於兵殿廡亦多坍漏同治二年知縣毛鳳五教諭王旣勤籌款補葺七年知縣俞熙教諭章世楷重建崇聖祠十二年鳳潁六泗道胡玉坦邑紳郭寶昌光緒五年知府成善六七八等年鳳潁六泗道任蘭生相繼修葺未舉大工不十年而頽圮殆盡二十二年署鳳潁六泗道馮煦捐俸重建沿舊制擴之中爲大成殿五楹升高八尺兩廡各九楹前爲戟門又前爲泮池甃以石闌又前爲櫺星

門門之前東西各一門各有額東曰德配天地西曰道冠古今

殿後爲

崇聖祠祠東爲明倫堂西爲尊經閣

名宦祠鄉賢祠在戟門東　忠義孝弟祠節孝祠在戟門西

教諭宅在學宮東偏

學額

歲考入學生員三十七名原額二十五名咸豐十年以克復臨淮及府縣城紳士團練隨同官軍忠勇報國總督袁甲三巡撫翁同書奏請廣額三名同治三年提督駱國忠捐銀一萬五千五百兩復廣一名七年湖南糧儲道王葆生墊辦軍需銀八萬兩復廣八名科試同廩額二十名增額二十名間年貢一人遇覃恩加貢一人每十二年拔貢一人武生二十七

名原額十五名咸豐十年廣額三名同治三年復廣一名七年復廣八名無科試

學田

舊府志載學田四頃七十一畝坐落北門內二頃五十畝城西一頃二十九畝青州營九十二畝今俱無攷光緒二十四年署鳳潁六泗道馮煦歲撥公費頃下錢叁拾千以資文廟歲修

臨淮鄉學宮在舊縣治西塗山門內明洪武三年知縣樂璜始建旋徙於府學舊基宣德宏治間主簿蕭本芳知府孟俊知縣徐逵韓斅滑浩張紀胡文璧盛杲吳鼎相繼修葺嘉靖二十二年大水圮隆慶六年知縣陳哲改天妃宮舊阯爲學宮萬歷十

五年知縣陳民性仍遷於縣治西崇儒坊舊阯二十五年知縣薛芳重修規模視昔宏壯後東齋東廡被燬三十三年知縣貫應龍重修　國朝順治六年淮水衝沒七年知縣徐必進復建於曲陽門外書院舊阯十八年同知郭顯功署縣事復遷正殿於崇儒坊舊阯水益爲患康熙九年署縣事葛翊宸訓導尤運昌率廩生陸端等改卜於聞賢門外徘徊山之南建正殿三楹知縣魏宗衡勸輸繼修二十三年知縣陳宗夔敎諭蘇應秋擇地於南門外滋德坊重建四十七年知縣王紘捐修乾隆四年以古開元寺改建學宮屢遭淮水傾圮四十年廬鳳潁道棟文知府福保知縣于萬培勘議捐俸倡修訓導潘景瓚力任其勞

勸城鄉紳士捐資鼎新之咸豐三年燬同治四年邑人朱問溪等倡修兩廡於舊阯規模狹小光緒六年訓導胡文協勸城鄉紳商重建四門宮牆九年邑人郭寶昌重建正殿五楹郭錦標郭恰如合建大成門五楹新入臨籍李元富捐建明倫堂三楹訓導汪志經鄉紳郭法泰董其事

崇聖祠在正殿後　名宦祠在戟門東　鄉賢祠在戟門西

訓導宅在袁公祠西

學額

歲考入學生員十八名（原額十六名咸豐十年廣額二名）科試同廩額二十名增額二十名間年貢一人遇　覃恩加貢一人每十二年拔貢一人武生十名（原額八名咸豐十年廣二名無科試）

學田

縣志載學田六頃七十餘畝坐落馬灘（三頃七十餘畝）板橋集戴家莊（二頃餘畝）頭埠（一頃餘畝）光緒十年知府趙舒翹批撥舊城河水沉官地歸臨淮學招佃納租以資

文廟經費

懷遠縣學宮在縣治東南元季燬於兵明洪武三年知縣唐蔚致諭王景章即故阯建學舍正統天順間相繼修葺禮部左侍郎陳璉教諭黃叔高作記成化十七年淮水漲溢學圯乃移建縣治東南一里荊山之麓正德七年提學御史黃如金知縣李

豫復移建今阯於大聖寺舊基邑人姚鳳儒作記嘉靖二年知縣徐玠九年知縣任俊十七年知縣商承學萬歷二十二年知縣王存敬崇禎十六年知縣莊祖誼相繼修葺邑人楊時秀唐甯教諭陳一治均有記

國朝順治十二年知縣傅鎮國教諭申詒芳重修署縣事楊勳復建尊經閣康熙十一年知縣于鴻漸訓導俞潛飛捐修四十四年知縣沈應銓修崇聖祠五十六年知縣劉鑑捐俸重修邑人楊大勳助修兩廡濬泮池建三橋於池上廩生宋起元修明倫堂雍正元年知縣唐暄於青雲路前建奎星閣後燬於火乾隆五十年生員宮檀重建嘉慶三年知縣張瓚邑人林中桂倡捐重修張瓚自為記二十三年知縣孫讓訓導楊瓖林邑人林中抗等重修正殿升高四尺

崇聖祠在正殿後　名宦祠在戟門東　鄉賢祠在戟門西　忠義孝弟祠在明倫堂後　節烈祠在誠求門外　教諭訓導宅在尊經閣後

學額

歲考入學生員二十二名科試同廩額二十名增額二十名間年貢一人遇　覃恩加貢一人每十二年拔貢一人武生十四名無科試

學田

舊府志載學田十二頃七十一畝坐落孔津湖六頃十一畝明萬歷二十二年復查出本湖灘地一頃五十五畝又十七年查出水退湖地三頃十三畝草寺湖一頃零五畝側塘十九畝塌河壩六十七畝

定遠縣學宮在縣治東南舊在縣治西宋淳熙六年改建今地後燬於兵元皇慶元年知縣溫鼎重建明洪武二年知縣朱玉卽舊阯重建正統二年知縣沈安復修宏治間知縣朱恭曾大有章澤相繼修葺各有記嘉靖三十七年知縣高鶴捐修萬歷崇禎間知縣趙伯里李彬等屢修屢圮

國朝順治十一年知縣高萬仞周敏政訓導談志重修易櫺星門以石康熙三年知縣徐杆捐俸加修二十五年知縣曲震重

修正殿雍正十年知縣鄒克昌邑紳蔡達凌煇陳元中等修明倫堂乾隆二十一年邑人苗肯堂凌奎發方時舉王靜川四十三年邑人陳璐武賓旦苗侃凌和鏞嘉慶六年教諭陶鎔訓導吳文煥邑紳凌奎襄揚逢元方學霈凌和鑾十八年邑人王璥凌和鑾方學博吳鑣苗榮稽吳鉅相繼修葺咸豐八年燬於兵同治三年邑人吳開會重修兩廡崇聖祠明倫堂八年知縣陳際春施錫衛九年知縣劉宗海均捐修正殿戟門泮池

崇聖祠在明倫堂東　名宦祠在戟門東　鄉賢祠在戟門西

教諭訓導宅在北門外

學額

歲考入學生員二十三名原額十六名撥府三名同治二年廣額四名科試同廩額二十名增額二十名間歲貢一人遇覃恩加貢一人每十二年拔貢一人武生十二名本八名同治二年廣額四名無科試

學田

舊府志載學田六頃四十三畝兵燹後遺失已久現存八處皆邑人捐置坐落棗香廟一分站雞岡一分簪井廟一分南北門外各一分學東學西學前各一尊經閣左右草房學東草房每年收租以資

文廟學署歲修

壽州學宮在州治西唐宋並在州治東南元時移建州治西清淮坊即今地泰定間經歷岳復等重修馬祖常作記明洪武二年知州夏侯顯重建正統七年知州惠理重修景泰間知州王長福重修成化間知州陳鑑建尊經閣宏治間州同董豫闢學前地為賢路題其坊曰泮宮正德十年知州林僖大修明倫堂尊經閣及師生居處之所百餘間規制漸備侍郎楊廉作記嘉靖三年署知州何東萊修禮門義路易欞星門以石張朝作記九年詔更為先師廟建戟門名宦鄉賢祠十四年署知州王重賢重修州人張曉作興學頌二十八年知州栗永祿重建啟賢祠於學東北隅州人張溪作記隆慶六年知州甘來學重修敬一亭尊經閣復建青雲樓學正方亮釆作記萬歷五年知州莊

栩重修尊經閣學正朱維翰作記二十五年知州李邦瀇重修進士梁子琦張夢蟾董其事州人夏之鳳作記三十一年署知州郭蒙吉四十三年知州閻同賓皆重修濟南王象乾作記四十七年臬司賈之鳳飭修學宮前作玉帶水甃以石潁州張鶴鳴作記天啟二年學正黃奇士修尊經閣七年學正張一元署知州范紹裘重修州人劉繼炎作記崇禎六年州人方震孺種樹於學宮自爲記

國朝順治六年尊經閣敬一亭圮於水七年知州王業十一年知州尹大升康熙四年知州黎士毅十八年學正荊振何琴雅訓導陳登鼎二十年進士周文郁相繼修葺五十一年訓導丁濟美建義學於文昌祠後今爲奎神殿六十年紳士公修明倫堂雍正六年州紳方時寶重修十一年分設鳳臺縣（以學正理州學事以訓導理縣學事）仍與壽州同學宮十二年學正王爵訓導陸垲重修乾隆二年知州趙宗炅重建正殿二十一年署知州李天璽學正戴觀訓導胡寶光重修天璽自爲記二十九年知州徐廷琳知縣沈丕欽重建兩廡三十年知州席圯重修泮池四十九年嘉慶五年紳士孫蟠孫克任等兩次捐貲重修知州鄭泰作記十七年紳士孫克任孫克佺捐貲復修知州沈南春作記道光十八年知州續瑞鳳臺知縣沈宗誠重修前學正沈維鐈作記同治二年知州施照重修自爲記光緒六年鳳潁六泗道任蘭生

籌款重修知州陸顯勳作記

崇聖祠在明倫堂東　名宦祠在戟門東　鄉賢祠在戟門西　忠義孝弟祠在鄉賢祠西　節孝祠在忠義祠西北　學正宅在學宮西北隅　訓導宅在學宮東南隅

學額

歲考入學生員二十二名（本十二名同治四年廣額四名九年復廣六名）科試同廩額十八名增額十八名間年貢一人遇　覃恩加貢一人每十二年拔貢一人武生十九名（本九名同治四年廣額四名九年復廣六名無科試）

學田

原額二頃六十三畝坐落隱賢集（一頃六十一畝五分）張羅城（一頃一畝）雍正十一年除撥入鳳臺縣學外歸州學一頃七十二畝又清出併續置學田乾隆二十八年立有碑記（學正戴觀儒學記事碑記曰余自乙亥夏秉鐸是邦見黌舍傾圮同宮劍溪胡先生賫光賃屋以居舊有學產多被欺隱現業者亦有名無實是年夏秋水溢州縣惟安民是亟余亦奉委查辦災賑謀所以修舉者而未遑其有事於學則自丙子七月始時監郡長白李公天璽兩攝壽篆勸捐與修用鏹二千有奇厥功爲鉅繼以北平王公如玖而工始竣董事二十餘人其無間寒暑不避嫌怨者方君他根謝君均育孫君玠方君遇姚君音韶趙君佳齡王君岵方君韶始終其事云戊寅秋胡先生歸余奉檄兼攝鳳臺學與邑令嶺南鄭公基商置學署適學前陽姓宅欲售價銀三百二十兩公首捐俸二十五金蔣籌紳士樂輸相繼自下程先生廷贊實終之不甯惟是程先生欲復循理書院舊制告邑令江右鍾使君旭清出原田六頃二十畝付紳士掌管以爲之基城內學畦四分一張役佃種計六畝二分六釐一許純一佃種計四畝三分二釐一周余佃畦八十個以上俱兩學收租公用其吳從周佃畦二白八十八馬凌雲佃畦二百一十除前明黃先生奇士所置也閒爲兩學書斗公費惟武廟後地一塊未經清出兩學公田四分一朱韜伯佃田

五十五畝一丁坤佃田十五畝俱在畢家店一朱家集王學佃田十八畝其一迷失已久詳查者前任薪樵胡先生文摺也審結者州牧清江王公心銘也斷價八十兩另置南關張姓上地十七畝六分租較各處爲優其坐落西陡澗田二十畝巴聚五新捐入壽學者也外有解學租田二分一坐落社公廟葉美之佃田計六十九畝一在張羅城史培玉佃田計一頃眘三畝歷年抗租經北平王公審斷其約租五兩三錢均在州有案可稽若增補祭器各項則王鄭二公捐俸所爲統計乙亥以來事不一端其大者歷歷可計如此余秩滿將入都征車伊邇回思前事殊難恝置正恐日久跡湮無所考據遂邀郡紳士龔石他山欲爲余留思久遠余曰此舉也在今日爲濫觴矣願去其名務其實備誌其事使後起者有所考焉足矣衆曰諾乃勒石乾隆二十八年仲春上澣古義與戴觀撰 按碑記所載丁坤佃山十五畝今易朱三元王學佃田十八畝如故朱新伯佃田五十五畝不知何年易爲郭之倚佃田坐落萬家寨亦未詳畝數南關外上地十七畝六分今爲李克讓所佃西陡澗巴姓所捐田今無著解學租田二分今易如故後查張役佃畦六畝二分六釐今易方東霞許純一佃畦四畝三分今易許華年周余佃畦八十箇今易周典此畦皆明兵備道詹公所置吳從周佃畦二百八十八箇馬凌雲佃畦二百一十箇爲明知州黃克瓚所置神記云黃公奇士誤也武廟後房基今爲朱攀桂佃種鍾想所清出田六頃二十畝今仍歸書院詹公黃公捐置學畦俱有碑記

學圃一千二十畦在城內西南明鳳潁兵備道詹在泮置知州

舒琛有學田記

記曰三衢定齋詹公以副憲治淮南者三年尋擢大參移鎮汝南行有日顧謂琛曰余所彈壓無慮三十餘屬而壽余棠陰在焉余行矣其有翦乎雖然築芍陂而溉膏腴之産以萬頃梁清淮而長虹數里民免魚鼈以此兩者貽壽亦足自解於民歟獨無以惠我二三多士若之何其以余鍰贖二百金留之壽爲余置學田焉琛受命冀旦暮得之以當公意顧壽土最瘠可稼者惟東南一隅度道路牽挽費且不貲十不得六七間歲或爲災十不得一二乃謀之僚倅與學博君暨諸弟子員僉曰置畦便琛曰奚便僉曰田有肥瘠而畦則不田有豐凶而畦則不田有轉搬諸工費而畦則不較一歲之暫畦不如田較數歲之常田不如畦乃於城西南去學百餘武得沃壤三區計畦千有二十其西則有堂三楹旁有茅舍以居守者四圍繞以木隱然一別業焉歲可得稅二十三金有零無水旱之虞可安坐而致置畦之與置田功相倍矣此壽庠世世利也事竣爰立石畦所大書兵憲詹公置立學畦仍暨明倫堂左以識不朽琛因進諸生而誨之曰若知治學亦知治畦之

說乎夫治畦欲峻其洫欲深其土欲疏其本欲固朝夕而灌溉之勿鹵莽勿滅裂用是無曠畦若夫學者孝弟以培其基忠信以直其幹名節以峻其防夫然後馳騁於六藝之途沈酣於百氏之圃漸涵之以父師勿一暴而十寒優游浸漬勿助勿忘理趣發於沈潛本沃而光華斯於治畦其亦有異乎雖然操風厲之權不以興起斯文爲己任上之過也深菁莪之盛不以更相砥礪爲己責士之恥也今公之愛士亦已厚矣夫匕也顧不自愛而志荒於淫業熾於情口與鹵莽滅裂者同何以自命曰士哉茲固治畦者之所羞詎可令公見耶萬歷歲在庚子仲夏之朔知壽州事豫章舒琛譔文併立石

學圃四百畦在城東北隅貝氏園明山東巡撫前壽州知州黃克纘置學正羅大冠有大中丞黃公置學圃碑記畧曰中丞黃公去壽州二十年每念壽春戀戀如故鄉壽之人遇緩急奔謁之遇之如父子士人走燕中必經山以東得見公於轅門郎輟政事留飲食與談往事輒淚下猶然在壽時春深慈惠之懷也今年五月公特遣一騎封俸鏹三十至壽春屬州判事楊君爲置學田以供諸生會課費楊君遂買貝氏園四百畦於城東北隅計其歲入以助泮宮埽除之用諸生寺恐歲月久湮後之人食其利而不知所自也謀立石以垂不朽冠曰不可忘也亦可刻也大中丞至意不可忘也乃次序其事而書之石公名克纘福建晉江人登萬歷庚辰進士初任壽州牧今官山東巡撫萬歷歲在戊申孟冬之朔知壽州事陽澗同知衛柯判官鄭維喬學正羅大冠訓導王之臣朱九遷薛應麟生員沈應福高廷對曾國祥等同立石州學現存田產六分一社公新坊田地一分約種六十九畝一張羅城坊田地一分約種一百零三畝一二十店坊蓮花塘公地一塊約種十四畝一南關坊田地七塊約種二十四畝一城內西園畦地因井倒作爲旱地約種四畝二分一城內西園畦田一分因井倒作爲旱地約種五畝六分　州縣兩學公產四分一畢家店坊公田一分約種七十畝一朱家集坊公田一分約種十八畝一南門外下關公地一分約種三畝一報恩寺後公地一分約種四畝六分

乾隆四十一年州人孫士謙捐錢二千六百緡爲復息助貧生喪葬以其餘備童生試卷及鄉試會試費設義學并周貧民之喪知州張佩芳有孫氏樂輸記記曰乾隆四十四年壬辰壽州學正胡兆麟鳳臺縣訓導汪昱

牒言壽州監生孫士謙錄其父珩遺詞到學詞曰珩少入學後援例爲貢生踵祖父遺業經營以至今年八十五孫曾十六人衣食無虞皆天賜也聞之甚悉必有大費君子存心期物有濟今竭己之貲徧給一州一縣之貧乏之勢固不能然有親知故舊困貧乞假至於讀書之士甘心窮苦雖生無養死無葬而不以告人心竊傷之且在膠庠者皆吾友也友雖無親有同道之恩珩不敢忘今量出錢二千六百緡爲舉本以其息爲貧喪者之助稍盡區區之私死且不朽舉人程永昂郭士安貢生方仙根方汝梅等議曰故附監生孫珩所捐錢計其息入三歲得本三之一貧生喪葬不勝用議有餘則以備童生試卷暨省試會試之費有餘則以設義學教生徒之貧者有餘則以周民之貧喪不能舉者具有規條竊觀周官以六行教萬民曰孝友睦婣任恤財賄相通人之常情自世習偷薄行義不修口口以上視如性命昔孔融葬游士陳重代債郎至今稱其輕財好義篤於友朋然利止一人不逮於眾惠在一時不及其遠是則財盡而義窮財盡而義窮其與偷薄者有幾夫輕財而財日多好義而義日廣是其居心純厚無異古人而其能眾且遠雖古人有不逮用是知周官睦婣任恤之行蓋必始於委積而後民之藉陁可恤也而使世之富者盡能行此則木俗日固而禮讓之興無難也昂等竊議聞之當道勒石學宮庶幾垂永久風來世牒到州知州張佩芳申之道府覆因宜如議立石者丙士謙來言父珩念族姓孳乏者多甞捐錢二千四百緡置田五百七十畝市屋八間歲取其租以祀先而賑族焉本一家私事不敢以瀆顯附於篇末余曰此義田也古之仁及鄉黨者未有不自收恤宗族始因吾之所樂得而書也是爲記

五十年士謙弟蟠加捐錢二百緡嘉慶元年復加捐四百緡十九年士謙子克任等加捐錢一千緡蟠子克佺等加捐錢一千緡加餘息二千三百緡俱爲舉本共七千六百緡知州事杜茂材有孫氏捐增學校公費記

記曰嘉慶十有九年余承乏壽州既視事三日延見州人士大夫及諸生之秀者諸縉紳先生與博士弟子員咸爲余道州人孫氏之惠越數日孫君克依來與之言博辯崇深知是宏達彬彬然禮讓君子也既退而訪諸其鄉人知孫氏世能推有讓無振助乏絕每公家有急當事所束手無策者孫氏嘗獨任之行臺省嘗具其事入告邀敘命之錫可謂能惠於鄉者矣越數日克依兄克任及其弟克佺等復來告曰始吾大父之推惠於鄉州之人咸之不能忘及吾諸父而又增焉今州人士之志學者有倍於昔而吾子若孫之

列庠序者十有餘人克任等不敏頌以錢二千緡繼吾大父與諸父之志使諸公用之費視昔有加於是貢生薛家昂等爲之申請於學移牒至州乃檢前刺史張君偶芳孫氏樂輸記及原議款目閱之而知惠之有及學矣助喪葬設義學備試卷與赴試之費所費出於一門而被其惠者且數千人且其父子兄弟樂善不倦無有異志遇鄉里有緩急輒出其私財曾無德色尤足以風之富世乃記其事以聞諸張君之後嘉慶十九年四月朔知壽州事杜茂材記

鳳臺縣學宮舊與壽州同祀同治三年縣移治下蔡知縣斐峻德因文殊寺廢址創建正殿及廊房數間以備祀典六年知縣王寅清添建崇聖祠光緒十五年知縣桑寶覺羅錫光訓導高肇麟先後提撥賑款八百餘千並添用書院公款木瓦重建正殿兩廡大成門十七年提督宋朝儒徐思忠等倡捐建名宦鄉賢忠義孝弟節孝四祠十八年知縣李師沆籌捐五千餘串建

明倫堂濬泮池繞以周垣并建文昌宮奎光閣於文廟東偏定遠周彝儀作記

崇聖祠在正殿後　名宦祠鄉賢祠在戟門左　忠義孝弟祠節孝祠在戟門右　訓導宅在文廟西偏

學額

歲考入學生員十三名科試同廩額十二名增額十二名每三年貢一人遇　覃恩加貢一人每十二年拔貢一名舊額與壽州學輪流考取各二十四年一人同治年加增學額巡撫英翰奏請每十二年州縣各取一人武生十三名無科試

學田

縣志載現存學田三頃七十餘畝坐落曾村灣二百四十畝道光年四川知縣

王映奎捐疊經水患現今畝數稍減解鋪四十二坵塘二口畢家店七十畝兩學公田朱家集十八畝兩學公田清淮坊四畝二分大寺後二畝餘兩學公産城內西南角水畦二百個改地約三畝

宿州學宮在州治東元至元十一年知州左昂建元末兵燹明洪武三年知州吳彥中即舊址重建正統初御史彭勗更新之成化間知州張瓛修廟廡尊經閣建號舍及會講亭萬歷二十三年知州崔維嶽增修明末頹壞國朝康熙十年知州呂雲英捐修五十三年署知州張洞生嘉慶十年知州熊載陞相繼修葺道光三年知州蘇元璐修尊經閣兩齋三十年知州王啟秀改修東西甬道青龍白虎巷各復舊制

崇聖祠在明倫堂後　名宦祠在戟門東　鄉賢祠在戟門西

學正宅在明倫堂西　訓導宅在明倫堂東

學額

歲考入學生員二十名舊額十二名康熙三十八年廣額四名雍正三年改中學爲大學復廣六名同治九年以新興等十九集隸渦陽縣撥學額二名科試同廩額二十六名本三十名同治九年撥歸渦陽四名增額二十六名本三十名撥歸渦陽四名每三年貢二人遇覃恩加貢一人每十二年拔貢一人武生十名本十二名撥歸渦陽二名無附試

學田

州志載學田十二頃四十一畝坐落五里堡二頃三十畝相故城二頃

六畝　符離集黄山頭四十畝　蒙村張家集一頃二十畝　二鋪二十畝　平安
集七十畝　雙堆集五頃五十畝　丁家窰五畝

靈璧縣學宮在縣治東元至元二十六年縣尹李亘佑建至正末燬於兵明洪武二年知縣穆政因元舊址重建二十一年知縣周榮增修正統二年提學御史彭勖以學制規模狹隘屬知縣呂琮增修殿廡齋舍均如制成化後知縣孔彥麒重建正殿規模益壯宏治五年知縣陳玉建櫺星門嗣後知縣陳伯安邢隆初芳相繼修葺萬歷四十五年知縣陳泰交更加繕治崇禎九年燬於兵

國朝康熙十二年知縣馬驌訓導汪之章重修十七年知縣姜玉竣其事規制畢具五十九年知縣于元吉倡修雍正九年署縣事俞光修櫺星門泮池照壁左右宮牆乾隆十八年夏秋淫雨圮壞諸生劉長祚等捐貲修葺三十九年知縣徐德懷典史聶俊捐貲重修道光間邑紳沈東華呂爾坡修整宮牆增建敬一亭同治八年教諭張瀛捐修明倫堂

崇聖祠在明倫堂東　名宦祠在戟門東　鄉賢祠在戟門西　忠義孝弟祠在禮門東　節孝祠在儒學前　教諭宅在崇聖祠東　訓導宅在明倫堂西

學額

歲考入學生員十三名科試同廩額　名增額　名每三

年貢一人迺　覃恩加貢一人每十二年拔一人武生八名

（無科試）

學田

舊府志載學田二頃坐落岡家山前（一頃二十畝）三官廟後（八十畝）歲入無攷今現存學田一頃五畝坐落興隆保

書院

鳳陽縣西山書院在曲陽門外明嘉靖十三年知縣謝廷舉巡按張惟恕創建三十年知縣何立重修今廢

鳳臨書院在臨淮西關外康熙四十七年知縣王紘建捐俸延師課士初名啟蒙書院政餘即親臨誨學者以爲已切實工夫

論以正衣冠尊瞻視二語言簡旨深人人可以自力聞風者自遠而至悉資膏火後知府吳同仁改名鳳臨書院乾隆二年廢

淮南書院在府署前乾隆間知府楊毓健項樟相繼創建兵燹後知府寶衡增置廊房三間

臨淮鄉臨淮書院在西壩兵燹後即遺址改建袁公祠同治五年翰林院侍講袁保恒購祠西地建復

懷遠縣西山書院明嘉靖十二年巡按張惟恕委本縣知縣杜朝聘建嘉靖三十年知縣何立重修

洪山書院康熙三十年知縣黃啟祚建今廢

眞儒書院在縣署東北嘉慶十三年知縣郭翰屏勸輸興建十

五年落成講堂學舍悉備二十一年知縣孫讓重修今廢

文昌書院在荆山麓明嘉靖十三年建旋廢

國朝康熙五十六年邑紳李佺等重建周圍墻垣雍正元年知縣唐暄與邑紳修葺今廢

定遠縣青雲書院舊名貞蒙書院在城東明正德十二年知縣高璧建今廢

仁壽書院在城南

國朝康熙四十九年知縣張蔚建今廢

曲陽書院在文廟東乾隆二十八年知縣鄭基創建道光三年知縣劉德潤教諭孔傳慶重修

治溪書院在爐橋鎮原名能宏書院知縣張景蔚改東嶽廟創建乾隆五十三年監生俞巽重修易名治溪今廢

壽州循理書院在州治北中春申坊大寺巷內明天啟二年學正黃奇士建四年春壽潁兵備道魏士前重修明末廢

國朝乾隆二年知縣周之晉始復之十九年吉蘇重建講堂二十九年知縣沈丕欽重建大門三十一年知州席芑重建後樓三十四年知州張肇揚知縣亢愫嘉慶三年知州孫邕生增置田畝爲經久計道光二年州人孫克依增置器物四年州人柏節捐貲重修知州龔式穀捐廉助費咸豐間知州金光筯查私墾羅坡塘地畝詳請總督曾國藩批準歸入循理書院同治六

年知州施照查充匪産詳請督撫批準歸入循理書院

壽陽書院在正陽鎮乾隆二十年廬鳳道尤拔世建道光二十五年廬鳳道周鳴鸞知州張清元整頓而擴充之存銀五千兩發商生息咸豐間知州金光筯提作軍需屋宇旋以兵燹廢光緒三年董事趙恩綬籌制錢一千餘緡四年鳳潁道任蘭生籌撥保衛軍船局十成項下制錢二千緡置湖田市房爲經久計

安豐書院在正陽鎮明知州王鍪建今廢

湧泉書院在八公山麓今鳳臺縣境明巡按御史揚瞻建今廢

淮肥書院明知州莊桐因城內小察院基改建今廢

鳳臺縣州來書院在縣治中街同治二年移治後知縣裴峻德創建又查匪産田畝爲永遠經費

宿州文山書院元時建旋廢

正誼書院在學宮東北乾隆五十一年知縣趙霦捐建

培菁書院道光十三年知州周天爵捐修今廢

靈璧縣正學書院在城內東南隅明萬歷中知縣鍾大章建

國朝道光中知縣孫潤重修

義學

鳳陽縣義學三所一在英公祠一在昭忠祠一在關帝廟

懷仁義學一所在育嬰堂北偏鳳潁道馮煦創設

臨淮鄉義學二所一在西關袁公祠一在東關

懷遠縣義學在縣治西康熙十年知縣于鴻漸建今廢

定遠縣義學在城四坊各一所在鄉二十九里北爐鎮一所今俱廢

壽州義學城內四門義學五所乾隆四十四年州人孫士謙捐建今廢

廣濟局義學一所道光五年董事柏節等建

城內社學四所　正陽鎮社學一所　瓦埠鎮社學一所　隱賢社學一所久廢

文昌祠社學一所康熙間訓導丁濟美捐俸建今廢

鳳臺縣義學二所光緒十五年鳳陽府知府趙舒翹捐俸建

宿州義學二所一在察院西一在馬神廟西今廢

靈璧縣社學明初城內四門俱有今廢

光緒鳳陽府志卷十四

兵制攷

淮南戍兵遠古無攷自漢宣帝時發沛郡材官詣金城始見於史冊晉書言壽陽至京師屯兵連屬南北朝以壽春爲重鎮此鳳郡兵防所由昉也然無定數至唐大歷九年詔每道歲有防秋兵馬淮南四千人宋南渡紹興間詔淮南帥臣兼營田使守令以下兼管營田開慶初選精銳安豐濠州各千五百人元至元中設萬戶府於宿州壽陽立民屯二十明制設留守司於中都統轄八衛一所皆所以練材武固藩籬安民人者也歷代之制今不詳載惟以

本朝沿革駐防鳳郡境內者悉著於篇驛遞鋪兵附焉作兵制攷

鎮守壽春鎮總兵官轄本標中右二營駐劄壽州兼轄六安潁州泗州廬州亳州龍山六營皆不在鳳陽府境

舊制順治三年設壽春協副將分中左右三軍兼轄亳州泗州二營隸江蘇狼山鎮舊額副將一員守備三員千總三員把總六員馬戰兵二十四十名步戰兵四百八十名守兵四百八十名官坐馬四十二匹戰馬二百四十四匹年裁馬戰兵二十名步戰兵四十名守兵四十名馬二十匹五年裁馬戰兵二十名步戰兵四十名守兵四十名馬二十匹康熙六

年添馬戰兵四十名步戰兵一百一十七名守兵八十名馬四十匹裁步戰兵四十六名八年改步戰兵二百三十六名爲守兵十七年裁步戰兵五十九名十八年添守兵一十八名十九年添步戰兵二名二十年添步戰兵二名二十一年添步戰兵一百一十名二十二年裁馬戰兵四名步戰兵三十八名馬四匹二十四年裁馬戰兵一百一十名馬一百一十匹二十五年添守兵二百九十七名二十六年裁馬戰兵四名守兵四十六名馬四匹三十五年裁守兵二十六名雍正三年裁守兵二十六名七年添設外委千把總六弁仍食馬戰兵糧十年改中軍守備爲都司僉書乾隆二年裁壽春協副將改設壽春鎮總兵官隸江南提督本鎮標下分中左右三營每營設遊擊一員千總二員把總四員以原設中軍都司改爲中軍遊擊兼管中營及城守事務增設左右營遊擊各一員均駐壽州中營增設守備一員原設左軍守備改爲左營守備仍駐宿州右軍守備改爲右營守備仍駐鳳陽府於原設千總三員把總六員外增設千總三員把總六員分駐各汎每營各設兵六百名於原設各兵之外照舊制馬一步二守七之數添足一千八百名又添官坐馬四十匹戰馬五十八匹其六安廬州二營撥歸本鎮管轄十九年改左營遊擊爲都司移駐宿州即以原防宿州之守備移駐壽州

嘉慶八年安徽巡撫兼提督銜本鎮改歸巡撫統轄十一年江蘇徐州協改設總鎮撥標下右營遊擊為徐州鎮標中軍遊擊本標右營改設都司又改標下原駐宿州左營都司為宿州營都司隸徐州鎮其原駐壽州左營守備一員千總一員隨營移防徐宿交界要隘其兵丁二百五十四名仍留鎮標分派中右二營管轄內有額外外委三弁一弁留壽旋以原駐壽州左營守備改為徐州鎮標遊擊中軍守備以原設壽州左營千總移駐宿州為宿州營都司中軍千總十二年標下增設潁州營以池州營遊擊移駐潁州府同治八年裁撥潁州營額外一弁守兵九名為本鎮中營額缺

壽春鎮標中軍遊擊防守壽州霍邱鳳臺定遠潁上五州縣地方霍邱潁上不在鳳陽府境

舊制順治初年為壽春協中軍原設守備駐劄壽州雍正十年改設都司乾隆二年壽春協改設總鎮以原設中軍都司改為中軍遊擊兼管中營及城守事務增設守備一員千總一員把總二員均駐壽州原額遊擊一員守備一員千總二員把總四員馬戰兵六十名步戰兵一百二十名守兵四百二十名官坐馬三十八匹戰馬六十匹十八年裁守兵一十名四十七年添守兵六十四名武職改給養廉銀兩裁各官養廉名糧馬戰兵一十六名步戰兵四十八名守兵一十一

名馬一十六匹四十八年添馬戰兵四十八名步戰兵一百二名守兵四十一名馬四十八匹裁公糧守兵一十八名嘉慶八年裁步戰兵一名守兵七名十一年添馬戰兵三十名步戰兵五十一名守兵七十一名馬三十匹十二年添馬戰兵一名馬一匹同治六年裁撥右營守兵一名八年裁撥潁州營額外一弁守兵九名並爲本營額缺今額設

中軍遊擊一員駐劄壽州

中軍守備一員駐防壽州

千總二員一駐壽州爐橋一駐霍邱縣

把總五員一駐壽州一駐壽州正陽汛一駐鳳臺縣一駐定遠縣一駐潁上縣

外委千總二弁一存營一駐霍邱縣葉家集

外委把總六弁一存營一駐壽州瓦埠汛一駐鳳臺縣白龍潭一分防壽州一駐鳳臺縣闞疃集一駐定遠縣

額外外委十四弁存營五弁一駐鳳臺縣顧家橋一駐鳳臺縣石頭埠一駐壽州朱家巷一駐壽州三覺寺一駐壽州隱賢汛一駐鳳臺縣劉家集一駐潁上縣八里垛一駐潁上縣江口集一駐霍邱縣三劉集代山山鋪

馬戰兵一百二十一名內有外委千把總八弁額外外委十四弁如制馬兵未復步戰兵二百二十一名復六十四名守兵五百八十三名全復官坐馬四十匹總兵馬十六匹遊擊馬六匹守備馬四匹千把總七員共馬十四匹戰馬一百二十一匹內有外委額外外委馬二十二匹歲支養廉俸薪餉乾等銀一萬九千九百五十兩二錢一分七釐內扣解司庫朋銀五百一十一兩六錢八分又廉俸扣成減平銀四百二十一兩二錢一分七釐遇閏加

餉乾銀一千三百二十五兩五錢五分小建扣銀四十四兩一錢八分四釐有奇兵米三千三百三十石春夏二季動支本色秋冬二季支給折色遇閏加米二百七十七石五斗小建扣米九石二斗五升

壽春鎮標右營防守壽州鳳陽懷遠五河四州縣地方五河不在鳳陽府境

舊制順治初爲壽春協右軍原設守備駐劄鳳陽府添裁兵數統歸中軍乾隆二年壽春協改設總鎮增設右營遊擊一員駐劄壽州以右軍守備改爲右營守備仍駐鳳陽府原額遊擊一員守備一員千總二員把總四員馬戰兵六十名步戰兵一百二十名守兵四百二十名官坐馬二十二匹戰馬

六十匹十八年裁守兵一十名四十七年添守兵二十五名武職改給養廉銀兩裁各官養廉名糧馬戰兵一十五名步戰兵四十七名守兵一十三名馬一十五匹四十八年添馬戰兵三十六名步戰兵六十八名守兵二十七名馬三十六匹裁公糧守兵一十八名嘉慶八年裁撥把總一員官坐馬二匹入亳州營駐阜陽縣驛口橋汛又裁步戰兵一名守兵七名十一年江蘇徐州協改設總鎮撥遊擊爲徐州鎮標中軍遊擊本營改設都司裁官坐馬二匹添馬戰兵二十一名步戰兵三十四名守兵四十七名馬二十一匹十二年裁馬戰兵一名馬一匹道光四年添設額外外委四弁仍食馬戰

兵糧同治六年裁撥守兵一名隸中營今額設

都司一員駐劄壽州

中軍守備一員駐劄鳳陽府

千總二員一駐防壽州一駐防懷遠縣

把總三員一駐防鳳陽縣一分防鳳陽縣臨淮鄉一分防五河縣

外委千總三弁一駐防壽州一分防懷遠縣上窰汛一駐防懷遠縣龍元集

外委把總三弁一分防鳳陽縣長淮衛汛一分防鳳陽紅心汛一分防鳳陽縣王莊汛

額外外委十二弁存營三弁一駐鳳陽縣城一駐鳳陽府城一分防鳳陽縣蚌埠汛一分防鳳陽縣殷家澗一分防鳳陽縣劉府集一分防鳳陽縣徐家橋一分防鳳陽縣溪河集一分防鳳陽縣小溪汛一分防五河縣園宅集

哨官四弁

馬戰兵九十三名內有外委千把總六弁額外外委十二弁如制馬兵未復步戰兵一百六十名復五十名守兵三百九十九名全復官坐馬十八匹都司馬四匹守備馬四匹千把總五員共馬十四匹戰馬九十三匹內有外委額外外委馬十八匹哨官馬四匹哨船三隻

歲支養廉俸薪餉乾等銀一萬二千八百一十二兩六錢九分六釐內扣解司庫朋銀三百五十九兩六錢四分又廉俸減平銀九十兩八錢四分六釐遇閏加餉乾銀九百四十一兩五錢五分小建扣銀三十一兩三錢八分四釐兵米二千三百四十七石二斗春夏二季動支本色秋冬二季支給折色遇閏加米一百九十五石六斗小建扣米六石五斗二升

鎮守徐宿等處總兵官駐徐州府城內凡轄本標中營徐州城守營蕭營宿州營四營惟宿州一營在鳳陽府境餘均在徐州境

舊制順治初裁革前明世職以壽春協左軍原設守備一員駐劄宿州城管轄千總一員把總二員千總駐劄靈壁左哨把總駐劄蒙城縣右哨把總駐宿州之濉溪口雍正七年添設外委千總一弁外委把總二弁乾隆二年壽春營改設總鎮添設遊擊一員駐劄壽州兼管宿靈蒙三州縣地方改左軍爲左營原設守備仍駐宿州係陸路簡缺添設千總一員把總二員外委千總一弁外委把總二弁十九年改壽春遊擊爲都司移駐宿州城宿州原設守備移駐壽州嘉慶九年裁徽州營千總一員馬步守兵一百四十名添設宿州之南平汛其原駐南平汛外委把總移駐本營新設湖溝汛巡防十年徐州營添設總鎮將壽春左營改爲宿州營屬徐州鎮營轄本年總督　題請宿州營都司簡缺改爲繁缺並於督撫漕各標營抽撥兵二百五十四名添補宿州營巡防十一年原設壽州中軍守備一員改爲徐州鎮中營中軍守備壽州原設千總一員改設宿州城作爲都司中軍千總添設額外外委三弁仍食馬戰兵糧所有壽城馬步兵二百五十四名分撥壽春中右二營巡防道光六年添設額外外委二弁駐防靈壁之漁溝濠城九年裁江蘇劉河營遊擊改設宿州營遊擊以宿州營原設都司移歸劉河營又裁劉河營守備改設宿州城以爲遊擊中軍守備所有向設中軍千總移駐

百善汛百善汛向設把總移駐夾溝汛夾溝汛外委移駐宿州城是年又添設靳縣石弓山夾溝三處額外外委各一弁仍食馬戰兵糧道光十二年裁馬步守兵十八名撥歸新疆二十二年又裁馬兵一名撥歸直隸省屬同治四年設渦陽縣升龍山爲營另設遊擊八年龍山汛把總改設濉溪口汛濉溪口汛外委千總改設臨渙汛臨渙汛外委把總改設張家集汛又曹市集石弓山亦撥歸渦陽曹市集額外改設褚家集石弓山額外改設靈璧縣城夾溝汛額外改設石相集

今額設

遊擊一員駐劄宿州城

中軍守備一員駐劄宿州城

千總三員一駐靈璧縣城一駐宿州百善集一駐宿州南平集

把總三員一駐宿州城一駐宿州濉溪口集一駐宿州夾溝集

外委千總三弁一駐靈璧固鎮一駐宿州湖溝集一駐宿州臨渙集

外委把總四弁一駐宿州城一駐宿州大店汛一駐宿州時村集一駐宿州張家集

馬戰兵六十四名步戰兵一百三十三名守兵六百八十一名

官坐馬二十二匹遊擊馬六匹守備馬四匹千把總六員共馬十二匹戰馬六十四匹內有外委額外馬十五匹歲支養廉俸薪餉乾等銀一萬五千一百一十五兩六錢四分一釐內扣解司庫朋銀四百二十兩九錢六分又廉俸扣成減平銀一百五十三兩四錢二釐遇閏加餉乾銀一千九十八兩八錢小建扣銀三十六兩六錢二分五釐有奇歲支兵米三千一百六十

石八斗春夏二季動支本色秋冬二季支給折色（遇閏加米二百六十三石四斗小建扣米八石七斗八升）

鳳陽府額設城守各汛員弁

駐劄鳳陽府城守備一員

分防鳳陽府城把總一員

分防鳳陽縣徐家橋外委一弁

駐防鳳陽縣城把總一員

分防鳳陽縣城外委一弁

分防鳳陽縣臨淮鄉把總一員

分防鳳陽縣紅心汛外委一弁

分防鳳陽縣王莊汛把總一員

分防鳳陽縣長淮衛外委一弁

分防鳳陽縣蚌埠汛外委一弁

分防鳳陽縣殷家澗外委一弁

分防鳳陽縣劉府集外委一弁

分防鳳陽縣溪河集外委一弁

分防鳳陽縣小溪汛外委一弁

駐防懷遠縣千總一員

分防懷遠縣上窑汛外委一弁

分防懷遠縣龍亢集外委一弁

駐防定遠縣把總一員
分防定遠縣岱山鋪外委一弁
駐劄壽州城遊擊一員
駐防壽州城都司一員
駐防壽州城守備一員
駐防壽州城千總一員
駐防壽州爐橋千總一員
駐防壽州城把總一員
分防壽州城外委一弁
分防壽州瓦埠汛外委一弁

分防壽州朱家巷外委一弁
分防壽州三覺寺外委一弁
分防壽州隱賢汛外委一弁
分防壽州劉隆集外委一弁
駐防鳳臺縣城把總一員
分防鳳臺縣白龍潭外委一弁
分防鳳臺縣闞疃集外委一弁
分防鳳臺縣顧家橋外委一弁
分防鳳臺縣石頭埠外委一弁
分防鳳臺縣劉家集外委一弁

以上員弁皆歸壽春鎮管轄

駐劄宿州城遊擊一員

協防宿州城守備一員

分防宿州城把總一員

分防宿州大店汛外委一弁

分防宿州南平汛千總一弁

分防宿州百善汛千總一弁

分防宿州臨渙汛外委一弁

分防宿州湖溝汛外委一弁

分防宿州澥溪口把總一員

分防宿州張家集外委一弁

分防宿州夾溝集把總一員

分防宿州時村集外委一弁

駐防靈璧縣城千總一員

分防靈璧縣固鎮集外委一弁

以上員弁皆歸徐州鎮管轄

分巡鳳潁六泗兵備道

新招步戰兵一隊駐劄府城北門外

舊制無粵撚二匪平定後光緒初先招馬戰兵四十名步戰兵四十名由本道委員管帶後添招馬戰兵四十名又續招馬戰兵二十名光緒二十六年添招步戰兵三百名二十七年裁撤二百名現設

營官一員

哨官三員

馬戰兵一百名步戰兵四十名戰馬一百匹馬夫　名又新招步戰兵一百名歲共支俸薪餉乾等銀

兩　錢　分

驛傳

鳳陽縣濠梁驛一名臨淮驛舊屬府雍正八年改屬臨淮縣縣原設驛丞乾隆十九年以臨淮縣併入鳳陽縣裁驛丞改歸縣轄至王莊驛六十里紅心驛六十里盱眙縣縣驛一百六十里五河縣縣驛八十里現設馬六十五匹馬夫四十一名差夫二十四名原設馬一百三匹馬夫一百三名差夫七十名後裁減馬二十八匹馬夫二十八名差夫四十名雍正十年裁減馬夫二十九名扣留差夫六名乾隆二十三年裁減馬十匹馬夫五名

凡馬每日支草料銀六分歲共支銀一千四百四兩

凡馬夫每日支工食銀四分歲共支銀五百九十兩四錢

凡差夫每日支工食銀三分歲共支銀二百五十九兩二錢

凡買補馬價歲支銀三百六十三兩二錢二分

凡槽鍘等項歲共支銀九十二兩三錢

王莊驛至濠梁驛六十里靈璧縣固鎮驛六十里泗州舊虹縣驛一百二十里現設馬六十匹馬夫三十八名差夫二十四名原設馬九十六匹馬夫九十六名差夫七十名後裁減馬二十六匹馬夫二十六名差夫四十名雍正十年裁減馬夫二十七名扣留差夫六名乾隆二十三年裁減馬十匹馬夫五名

凡馬每日支草料銀六分歲共支銀一千二百九十六兩

凡馬夫每日支工食銀四分歲共支銀五百四十七兩二錢

凡差夫每日支工食銀三分歲共支銀二百五十九兩二錢

凡買補馬價歲支銀三百三十五兩二錢八分

凡槽鍘等項歲共支銀八十五兩二錢

紅心驛舊屬臨淮縣有驛丞乾隆十九年以臨淮縣併入鳳陽縣裁驛丞改歸縣轄至濠梁驛六十里定遠縣池河驛

四十五里定遠驛四十五里盱眙縣縣驛一百八十里現設馬六十五匹馬夫四十一名差夫二十四名原設馬一百三匹馬夫一百三名差夫七十名後裁減馬二十八匹馬夫二十八名差夫四十名雍正七年裁減馬夫二十九名扣留差夫六名乾隆二十三年裁減馬十匹馬夫五名

凡馬每日支草料銀六分歲共支銀一千四百四兩

凡馬夫每日支工食銀四分歲共支銀五百九十兩四錢

凡差夫每日支工食銀三分歲共支銀二百五十九兩二錢

凡買補馬價歲支銀三百六十三兩二錢二分

凡槽鍘等項歲共支銀九十二兩三錢

懷遠縣無驛東西南三路設十四鋪詳後原設馬三匹馬夫三名後裁減馬一匹馬夫一名雍正六年全裁

定遠縣定遠驛至池河驛六十里至張橋驛四十五里至永康鎮驛六十里鳳陽縣紅心驛四十五里現設馬五十五匹馬夫三十四名差夫二十四名夫六十名後裁減驛馬二十二匹馬夫二十二名差夫三十名雍正十年裁減馬夫二十三名扣留差夫六名乾隆二十三年裁減馬五匹馬夫三名

凡馬每日支草料銀六分歲共支銀一千一百八十八兩

凡馬夫每日支工食銀四分歲共支銀四百八十九兩二錢

凡差夫每日支工食銀三分歲共支銀二百五十九兩二錢

凡買補馬價歲支銀三百七十兩三錢四分

凡槽鍘等項歲共支銀七十八兩一錢

池河驛至定遠驛六十里鳳陽縣紅心驛四十五里滁州大柳驛三十五里現設馬四十一匹馬

凡買補馬價歲支銀一十三兩九錢七分

凡槽鍘等項歲共支銀四兩二錢六分

壽州州驛（至正陽關驛六十里姚皋店驛四十五里瓦埠驛六十里鳳臺縣丁家集驛六十里）現設馬四匹馬夫三名（原設馬三匹馬夫二名後裁減馬一匹馬夫一名雍正六年全裁乾隆五十四年後設馬四匹馬夫三名）

凡馬每日支草料銀六分歲共支銀八十六兩四錢

凡馬夫每日支工食銀四分歲共支銀四十三兩二錢

凡買補馬價歲支銀二十二兩三錢五分二釐

凡槽鍘等項歲共支銀五兩六錢八分

正陽關驛（乾隆五十四年添置至州驛六十里潁上縣驛六十里）現設馬三匹馬夫二名

凡馬每日支草料銀六分歲共支銀六十四兩八錢

凡馬夫每日支工食銀二分歲共支銀一十四兩四錢

凡買補馬價歲支銀一十三兩九錢七分

凡槽鍘等項歲共支銀四兩二錢六分

姚皋店驛（乾隆五十四年添置至州驛四十五里定遠縣永康鎮驛七十五里）現設馬二匹馬夫一名（原設馬三匹馬夫二名嘉慶二十年撥歸東流縣馬一匹馬夫一名）

凡馬每日支草料銀六分歲共支銀四十三兩二錢

凡馬夫每日支工食銀二分歲共支銀七兩二錢

凡買補馬價歲支銀一十三兩九錢七分

凡槽鍘等項歲共支銀四兩二錢六分

夫二十四名差夫二十名（原設馬六十八匹馬夫六十八名差夫六十名後裁減馬十八匹馬夫十八名差夫三十五名雍正十年裁減馬夫十九名扣留差夫五名乾隆二十三年裁減馬五匹馬夫三名五十四年撥減馬四匹馬夫四名）

凡馬每日支草料銀六分歲共支銀八百八十五兩六錢

凡馬夫每日支工食銀四分歲共支銀三百四十五兩六錢

凡差夫每日支工食銀三分歲共支銀二百一十六兩

凡買補馬價歲支銀二百二十三兩五錢二分

凡槽鍘等項歲共支銀五十八兩二錢二分

張橋驛（至定遠驛四十五里合肥縣護城驛六十里）現設馬五十五匹馬夫三十五名差夫二十四名（原設馬八十九匹馬夫八十九名差夫六十名後裁減馬二十四匹馬夫二十四名差夫三十名雍正十年裁減馬夫二十五名扣留差夫六名乾隆二十三年裁減馬十匹馬夫五名）

凡馬每日支草料銀六分歲共支銀一千八百八十八兩

凡馬夫每日支工食銀四分歲共支銀五百四兩

凡差夫每日支工食銀三分歲共支銀二百五十九兩二錢

凡買補馬價歲支銀三百七兩三錢四分

凡槽鍘等項歲共支銀七十八兩一錢

永康鎮驛（乾隆五十四年添置至定遠驛六十里壽州姚皐店驛七十五里）現設馬三匹馬夫二名

凡馬每日支草料銀六分歲共支銀六十四兩八錢

凡馬夫每日支工食銀四分歲共支銀二十八兩八錢

瓦埠驛乾隆五十四年添置至州驛六十里合肥縣吴山廟驛六十里現設馬二匹馬夫一名原設馬三匹馬夫二名嘉慶二十年撥歸建德馬一匹馬夫一名

凡馬每日支草料銀六分歲共支銀四十三兩二錢

凡馬夫每日支工食銀二分歲共支銀七兩二錢

凡買補馬價歲支銀一十三兩九錢七分

凡槽鍘等項歲共支銀四兩二錢六分

鳳臺縣丁家集驛乾隆五十四年添置至壽州驛六十里蒙城縣陳仙橋驛六十里現設馬三匹馬夫二名安徽通志作馬三匹鳳臺志作馬二匹

凡馬每日支草料銀六分歲共支銀六十四兩八錢

凡馬夫每日支工食銀二分歲共支銀一十四兩四錢

凡買補馬價歲支銀一十三兩九錢七分

凡槽鍘等項歲共支銀四兩二錢六分

宿州睢陽驛舊設驛丞乾隆初裁歸州轄至大店驛五十里百善驛七十里夾溝驛七十里現設馬五十八匹馬夫三十七名差夫二十四名原設馬九十六匹馬夫九十六名差夫六十名後裁減馬二十六匹馬夫二十六名差夫三十名雍正十年裁減馬夫二十七名扣留差夫六名乾隆二十三年裁減馬十匹馬夫五名後又撥減馬二匹馬夫一名

凡馬每日支草料銀六分歲共支銀一千二百五十二兩八錢

凡馬夫每日支工食銀四分歲共支銀五百三十二兩八錢

凡差夫每日支工食銀三分歲共支銀二百五十九兩二錢

凡買補馬價歲支銀三百二十四兩一錢四釐

凡槽鍘等項歲共支銀八十二兩三錢六分

大店驛舊設驛丞乾隆初裁歸州轄至睢陽驛五十里靈璧縣固鎮驛七十里現設馬五十八匹馬夫三十七名差夫二十四名原設馬九十六匹馬夫九十六名差夫六十名後裁減馬二十六匹馬夫二十六名差夫三十名雍正十年裁減馬夫二十七名扣留差夫六名乾隆二十三年裁減馬十匹馬夫五名後又撥減馬一匹馬夫一名

凡馬每日支草料銀六分歲共支銀一千二百五十二兩八錢

凡馬夫每日支工食銀四分歲共支銀五百三十二兩八錢

凡差夫每日支工食銀三分歲共支銀二百五十九兩二錢

凡買補馬價歲支銀三百二十四兩一錢四釐

凡槽鍘等項歲共支銀八十二兩三錢六分

百善驛至睢陽驛七十里河南永城縣六十里現設馬九匹馬夫五名差夫八名原設馬七疋馬夫四名差夫十名後裁減馬二匹馬夫一名差夫二名雍正六年裁減馬二匹馬夫一名乾隆間添設馬六匹馬夫三名

凡馬每日支草料銀六分歲共支銀一百九十四兩四錢

凡馬夫五名內二名每名每日支工食銀三分內三名每名每日支工食銀四分歲共支銀六十四兩八錢

凡差夫每日支工食銀三分歲共支銀八十六兩四錢

凡買補馬價歲支銀四十七兩四錢九分八釐

凡槽鍘等項歲共支銀一十二兩七錢八分

夾溝驛舊設驛丞乾隆初裁歸州轄至睢陽驛七十里江蘇銅山縣桃山驛四十里現設馬五十八

匹馬夫三十七名差夫二十四名原設馬九十六匹馬夫九十六名差夫六十名後裁減馬二十六匹馬夫二十六名差夫三十名雍正十年裁減馬夫二十七名扣留差夫六名乾隆二十三年裁減馬十匹馬夫五名後又撥減馬二匹馬夫一名

凡馬每日支草料銀六分歲共支銀一千二百五十二兩八錢

凡馬夫每日支工食銀四分歲共支銀五百三十二兩八錢

凡差夫每日支工食銀三分歲共支銀二百五十九兩二錢

凡買補馬價歲支銀三百二十四兩一錢四釐

凡槽鍘等項歲共支銀八十二兩三錢六分

靈璧縣固鎮驛舊設驛丞乾隆十九年裁歸縣轄至鳳陽縣王莊驛六十里宿州大店驛七十里現設馬六十五匹馬夫四十一名差夫二十四名原設馬一百三匹馬夫一百三名差

夫七十名後裁減驛馬二十八匹馬夫二十八名差夫四十名雍正十年裁減馬夫二十九名扣留差夫六名乾隆二十三年裁減馬十匹馬夫五名

凡馬每日支草料銀六分歲共支銀一千四百四兩

凡馬夫每日支工食銀四分歲共支銀五百九十兩四錢

凡差夫每日支工食銀三分歲共支銀二百五十九兩二錢

凡買補馬價歲支銀三百六十三兩二錢二分

凡槽鍘等項歲共支銀九十二兩三錢

鋪遞

鳳陽縣額設縣前獨山臨淮西關東鄉塔山司家間賢南頭南二黃泥張家紅心淮河北官莊北二北三北四北五王莊大通

天井南總縣前廟山官溝棗林遺碑八里岡徐家橋二十八鋪鋪司鋪兵共一百二十三名半

縣前鋪東十里至獨山鋪十里至臨淮西關鋪十里至東鄉鋪十里至塔山鋪十里至司家鋪十里至聞賢鋪二十五里至盱眙縣夏家橋鋪　又臨淮西關鋪南十里至南頭鋪十里至南二鋪二十里至黃泥鋪十里至張家鋪十里至紅心鋪十里至定遠縣黃稤鋪　又臨淮西關鋪北十里至淮河北官莊鋪十里至北二鋪十里至北三鋪十里至北四鋪十里至北五鋪十里至王莊鋪十里至靈璧縣濠岡鋪　又臨淮西關鋪東北十里至五河縣八林鋪　縣前鋪東南十里至大通鋪十里至天井鋪十里至南總鋪十五里至定遠縣湛澗鋪　縣前鋪西五里至縣前鋪西南十五里至廟山鋪十五里至官溝鋪十里至棗林鋪十里至遺碑鋪二十里至懷遠縣考成鋪　縣前鋪北三十里至長淮衛西北十五里至八里岡鋪二十五里至徐家橋鋪二十五里至懷遠縣山香鋪

懷遠縣額設縣前山香十里招儀河溜長生龍亢寨頭馬頭城蜀村成子考成橛澗柳灘十四鋪鋪司鋪兵共四十九名

縣前鋪東二十里至山香鋪二十五里至鳳陽縣徐家橋鋪

縣前鋪西十里至十里鋪十五里至招儀鋪二十五里至

河溜鋪十五里至長生鋪十五里至龍亢鋪十五里至寨頭鋪二十里至蒙城縣彭家鋪　縣前鋪南十五里至馬頭城鋪十五里至蜀村鋪十五里至成子鋪成子鋪東二十里至考成鋪二十里至鳳陽縣遺碑鋪　又成子鋪西二十里至楓澗鋪二十里至柳灘鋪二十里至鳳臺縣安頭鋪

定遠縣額設縣前紅橋黃鍊崇家劉家山溝鎗鋒岱山三十里永康北爐橋嚴澗高塘舊站路陳齋郎沙澗湛澗十八鋪鋪司鋪兵共五十三名定遠志額司兵四十九名同治八年復二成現司一名兵九名

縣前鋪東二十里至紅橋鋪十里至黃鍊鋪十里至崇家鋪十里至劉家鋪十里至山溝鋪十里至鎗鋒鋪十里至岱山鋪十里至滁州仙居鋪　又黃鍊鋪北十里至鳳陽縣紅心鋪　縣前鋪西三十里至三十里鋪三十里至永康鋪三十里至北爐橋鋪十五里至壽州孔家店鋪　縣前鋪南十五里至嚴澗鋪十五里至高塘鋪十五里至舊站鋪十五里至路陳鋪十五里至合肥縣向道鋪　縣前鋪北十五里至齋郎鋪十五里至沙澗鋪十五里至湛澗鋪十五里至鳳陽縣南總鋪

壽州額設州前西十里二十里三十里豐莊正陽對亭新亭井亭安豐沙澗雙門楊仙牛角新倉謝埠高隍南十里陡澗曹村四十里五十里瓦埠鐵佛陶岡槃城棗林合寨宜豐桑科東二

十店姚臯孔家店三十三鋪鋪司鋪兵共九十五名
州前鋪四十里至西十里鋪十里至二十里鋪十里至三十里鋪十五里至豐莊鋪十五里至正陽鋪四里至潁上縣正陽鋪　又正陽鋪西南二十里至霍邱縣溜口鋪　又西十里鋪西南十五里至對亭鋪十五里至新亭鋪十里至井亭鋪十里至安豐鋪十里至沙澗鋪十里至雙門鋪十里至楊仙鋪十里至牛角鋪十里至新倉鋪十里至謝埠鋪十五里至高塘鋪十五里至六安州四十里鋪　州前鋪南十里至南十里鋪十里至陡澗鋪十里至曹村鋪十里至四十里鋪十里至五十里鋪十里至瓦埠鋪十里至鐵佛鋪十里至陶

岡鋪十里至築城鋪十里至棗林鋪十里至合寨鋪十里至宜豐鋪十里至桑科鋪十五里至合肥縣定林鋪　州前鋪東二十里至東二十店鋪二十里至姚臯鋪二十里至孔家店鋪十五里至定遠縣北爐橋鋪　又東二十里鋪北十里至鳳臺縣山荒鋪

鳳臺縣額設縣前山荒十里鴨背三山安頭石馬下蔡柳溝丁家九鋪鋪司鋪兵共四十名
縣前鋪東十里至山荒鋪十里至鴨背鋪十里至三山鋪十里至安頭鋪十五里至懷遠縣柳灘鋪　又山荒鋪南十里至壽州東二十店鋪　縣前鋪北十五里至石馬鋪十五里

至下蔡鋪二十里至柳溝鋪二十里至丁家鋪二十里至蒙城縣大興鋪

宿州額設州前東頭東二東三東四大店下站八里座清涼任橋棠棣溧澗北十里符離黄町褚莊凝山夾溝辛豐閔子西頭西二西三西四西五昝店百善柳子鐵佛寺南十里行宮半坡南平蘆溝三十四鋪（鋪司鋪兵共一百一十二名）

州前鋪東十里至東頭鋪十里至東二鋪十里至東三鋪十里至東四鋪十里至大店鋪十里至靈璧縣徐元鋪　又大店鋪南十里至下站鋪十里至八里座鋪十里至清涼鋪十里至任橋鋪十里至棠棣鋪十里至溧澗鋪十里至靈璧縣霸城鋪　州前鋪北十里至北十里鋪十里至符離鋪十里至黄町鋪十里至褚莊鋪十里至凝山鋪十里至夾溝鋪十里至辛豐鋪十里至閔子鋪十里至江蘇省銅山縣界　州前鋪西十里至西頭鋪十里至西二鋪十里至西三鋪十里至西四鋪十里至西五鋪十里至昝店鋪十里至百善鋪十里至柳子鋪十里至鐵佛寺鋪十里至河南省永城縣界　州前鋪南十里至南十里鋪十里至行宮鋪十里至半坡鋪十里至南平鋪十里至蘆溝鋪十里至蒙城縣趙家鋪

靈璧縣額設縣前霸離界溝婁莊永定徐元霸城馬溝連城禹廟濠岡十一鋪（鋪司鋪兵共五十六名）

縣前鋪東十五里至霸離鋪十里至泗州上馬鋪　縣前鋪西十五里至界溝鋪十五里至婁莊鋪十里至永定鋪十里至徐元鋪十里至宿州大店鋪　又霸城鋪西十里至宿州澗鋪南十五里至馬溝鋪十五里至連城鋪十里至禹廟鋪十里至濠岡鋪十里至鳳陽縣王莊鋪